CASINO DE PARIS

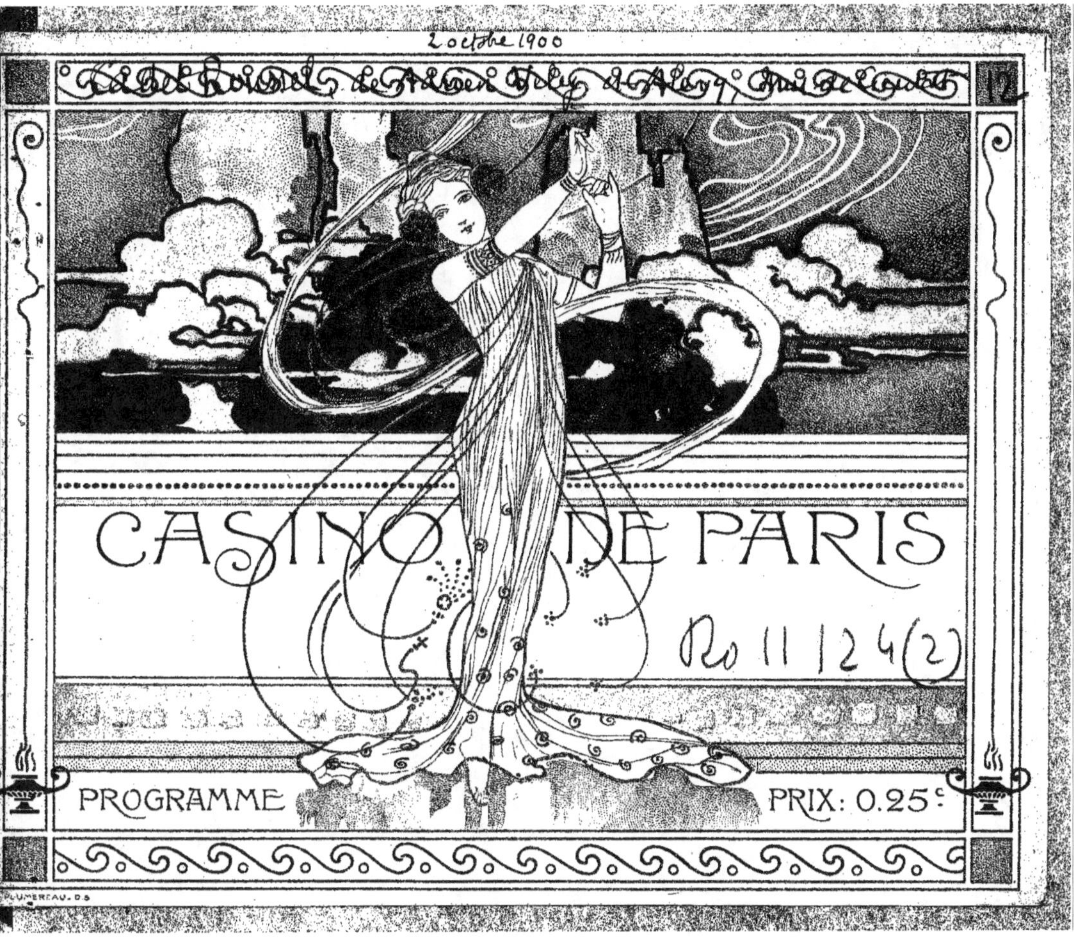

PROGRAMME

PRIX: 0.25ᶜ

CASINO DE PARIS

CADET - ROUSSEL

Ballet Pantomime en 3 Tableaux

de MM. Adrien VELY et ALEVY. — Musique de M. CIEUTAT

Réglé par M' PRATESI

Premier Tableau. — Une place devant une caserne, à Paris, sous le Directoire. Sur la place également une échope où l'on vend à boire et un magasin de frivolités.

Des marchands de coco et des marchandes de plaisir circulent entre les groupes de passants.

Arrive le jeune Cadet-Roussel, lisant un journal. Quelqu'un le lui subtilise. Il en tire un deuxième de sa poche, qu'on lui soustrait également. Mais Cadet-Roussel a *trois* journaux, et grâce au troisième, il apprend à la foule que la France vient de remporter une grande victoire, mais qu'il faut encore des hommes à la frontière.

Cadet-Roussel est tenté de s'engager, mais Cadet-Roussel a *trois* amies, Mme Fabricius, la cabaretière, Gisèle, employée dans le magasin de frivolités, et Corinne, danseuse à l'Opéra. Les voilà toutes trois autour de lui.

— Reste, dit Mme Fabricius montrant son échope, tu auras bon souper, bon gîte et le reste.

— Reste, dit Corinne, ce qu'il te faut c'est une vie de luxe et de fêtes, c'est la vie que je mène.

Cadet-Roussel se rapproche de Gisèle.

— Et toi, tu ne me dis rien ?

— Oh ! moi, répond celle-ci, je n'ai que mon cœur à t'offrir, il est tout à toi.

A ce moment, les soldats sortent de la caserne et font la manœuvre. Cadet-Roussel suit tous leurs mouvements. Puis voici des recrues qui arrivent, conduites par un sergent.

Cadet-Roussel les suit. Il serre dans ses bras Gisèle, à laquelle il remet une fleur en souvenir et comme gage de sa foi.

Deuxième Tableau. — Une auberge au bord du Lac Majeur, dans le Tyrol italien. Des soldats autrichiens boivent devant l'auberge, servis par d'accortes tyroliennes, auxquelles ils demandent de danser une de leurs valses lentes. Celles-ci s'exécutent.

Alerte ! les Autrichiens s'enfuient, les Tyroliennes rentrent dans l'auberge.

Paraissent des éclaireurs français, conduits par le sergent Cadet-Roussel. Celui-ci a recours à la ruse pour se faire ouvrir la porte de l'auberge. Les Tyroliennes et leur patronne, d'abord épouvantées, puis séduites par la galanterie des Français, les servent avec empressement et dansent avec eux.

Soudain les Autrichiens, ayant cerné les Français, reviennent.

Cadet-Roussel arrache aux servantes et à la patronne leurs fichus, un bleu, un blanc, un rouge. Cadet-Roussel a les *trois* couleurs. Il brandit ce drapeau improvisé, et groupant ses hommes autour de lui, se prépare à repousser l'ennemi.

Troisième Tableau. — Une grande fête dans l'hôtel de Corinne, à Paris. Des incroyables, des merveilleuses dansent. Parmi eux circule Gisèle, l'air préoccupé, semblant chercher quelqu'un.

Paraît le financier ridicule La Fagotière, amant de Corinne, les bras chargés de cadeaux. Mais celle-ci l'écoute à peine, car on vient d'annoncer le capitaine Cadet-Roussel, qui s'est couvert de gloire, le héros en l'honneur de qui la fête est donnée.

Cadet-Roussel a les *trois* galons.

Corinne coquette, Cadet-Roussel galant, s'éloignent bras dessus bras dessous. Fureur de La Fagotière resté seul.

Mme Fabricius, qui elle aussi cherche Cadet-Roussel, paraît. Elle a été chargée de fournir les rafraîchissements du bal, et porte un plateau avec des verres remplis. La Fagotière, pour se venger de Corinne, cherche à la lutiner. Mais tout-à-coup elle aperçoit Cadet-Roussel au loin, et s'esquive en laissant son plateau aux mains de La Fagotière.

Les danses reprennent. Gisèle, qui suit toujours Cadet-Roussel, entraîne La Fagotière dans une valse folle.

Mais voici Corinne avec ses camarades de l'Opéra ; c'est pour Cadet-Roussel qu'elle va danser. Elle charge ses amies de la débarrasser de La Fagotière. Puis elle danse.

Cadet-Roussel, transporté, l'enlace

C'est à ce moment que Gisèle, les larmes aux yeux, vient lui rapporter la fleur qu'il lui a laissée en partant, et lui dit que tout est fini entre eux.

A la vue de Gisèle, Cadet-Roussel oublie tout ; c'est elle qu'il aime, c'est elle qu'il épousera. Fureur de Corinne qui veut chasser les deux fiancés. Mais ses camarades s'interposent. Ce qu'il lui faut à elle, c'est une vie enfièvrée, ce sont les jouissances de la célébrité et de l'art.

Corinne se laisse fléchir, et unit elle-même les mains de Cadet-Roussel et de Gisèle.

CASINO DE PARIS — LE HALL

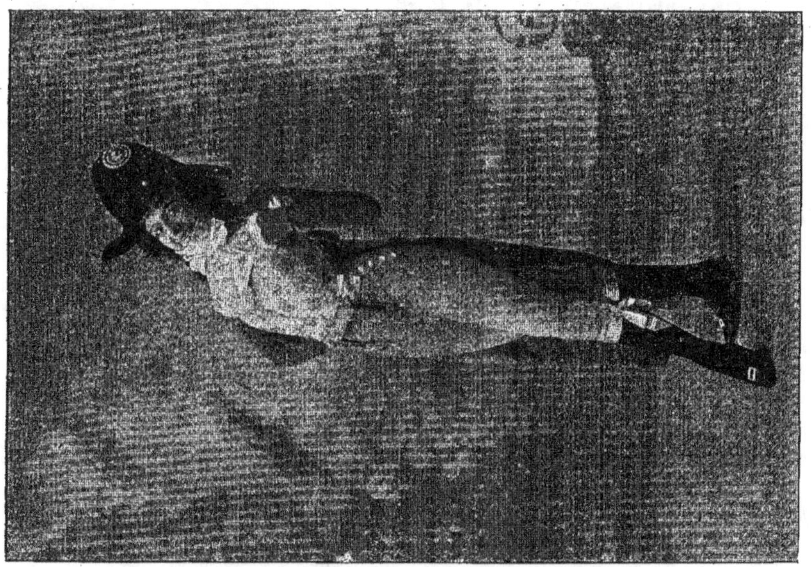

Mᵉˡˡᵉ Angèle Héraud dans le rôle de Cadet-Roussel

Première Partie

1. **MADAGASCAR** (Marche). . . . . LATOUR
2. Ouverture en Sol Mineur . . . . H. JOSÉ.
3. **BURGOGNE & HILLAUD,** ACROBATES EXCENTRIQUES
4. **HERMANY,** " L'AMI DES BÊTES "
5. **TARAGATOS,** LES TZIGANES
6. TRENTANOVI.
7. MLLE **VALENTINE BROUAT**
8. LUIS LUIS (Trio) BARRES COMIQUES

ENTR'ACTE

CADET-F

Grand Ballet-Pantomime en 3 Tabl

Musique de M. CIEUTA

Orchestre sous la Direc

DISTRI

Mlle ANGÈLE

Cadet-

Mme PRATESI 1re Mime Dansante L'Aubergiste	

M. DEGASPERIS
Lafagotière

Mlle **MARIE FAÜ**
Fabricius

La Direction ne répond pas des changements

Deuxième Partie

9. Flirt (Valse). . . . . E. BURNAY.

10. **CADET-ROUSSEL**
    Grand Ballet-Pantomime en 3 tableaux.

11. Paulette **DARGENT**, dans son répertoire.

12. **GEORGETTYS,** SAUTEURS ÉQUILIBRISTES.

13. **QUATUOR BASQUE**

14. Retraite Joyeuse. . . . . H. JOSÉ

ROUSSEL

aux de MM. Adrien VÉLY et ALÉVY
— Réglé par M. PRATESI
ien de M. Henri JOSÉ

BUTION

HERAUD
Roussel

Mlle **ROBIETTI**
Danseuse-Etoile
Corine

RENS   Mlle BERNADETTE DARSON
Gisèle

qui pourraient être apportés au programme

CASINO DE PARIS — SALLE DU THÉATRE

CASINO DE PARIS — SALON MAURESQUE

[illegible]

G. BATAILLE. PARIS

www.ingramcontent.com/pod-product-compliance
Lightning Source LLC
LaVergne TN
LVHW010136060726
842524LV00005B/1967